KB130161

늘   그   리   운   사   람

늘 그리운 사람

—

개정판 1쇄 2013년 11월 18일
개정판 4쇄 2018년 4월 2일
지은이 용혜원
펴낸이 김영재
펴낸곳 책만드는집

—

주소 서울 마포구 양화로3길 99, 4층 (04022)
전화 3142-1585·6
팩스 336-8908
전자우편 chaekjip@naver.com
출판등록 1994년 1월 13일 제10-927호

—

—

ISBN 978-89-7944-453-7 (03810)

늘 그리운 사람

용혜원 시집

책만드는집

프롤로그

꿈

나는 꿈을 말할 수 있으므로 행복하다

나는 꿈을 이룰 수 있으므로 노력한다

나는 꿈을 표현할 수 있으므로 말한다

나는 꿈이 있기에 활기차게 살아간다

나는 꿈이 확실하게 보이기에 찾아간다

나는 꿈을 내 품에 안기 위해 도전한다

나는 성취하는 기쁨을 알기에 꿈을 꾼다

차례

사랑, 하나 누군가를 사랑한다는 것은

사랑, 둘 가만히 그대 이름을 불러봅니다

사랑, 셋 　내 발길은 늘 그대를 찾고

사랑, 넷 그리움의 고개를 넘어

내 사랑은 외길이라 나는 언제나 그대에게로 가는 길밖에 모릅니다

사랑, 하나
누군가를 사랑한다는 것은

빨간 우체통

나에게로 오세요
행복한 일이 있을 거예요

나에게
사랑의 소식을 보내 주시면
그대에게 사랑의 소식을 가져다드릴 게요

나에게로 오세요
기쁜 일이 있을 거예요

우리가 만날 날 만큼은

떠나가는 세월의 뒷모습은
잡을 수 없도록 멀어져가는데
우리가 만날 날 만큼은
아낌없는 사랑을 나누자

내 마음을 끌어당기며
내 눈동자 속에 들어온 네가
내 마음을 마구 두드리고 있는데
나는 어찌해야 하나

우리가 사랑하기엔
너무나 많은 세월이 흘렀고
너무나 많은 벽이 가로막고 있다

나에게 다가온 너를
놓치고 싶지 않다

우리가 만날 날 만큼은
기억 저편 아득한 날에
헤어졌다 다시 만난 친한 친구처럼
시간이 더디 가도록 아주 천천히
웃으며 이야기를 나누자

다시 오랜 시간이 흐른 후에도
오늘을 추억할 수 있는 날로 만들자

누군가를 사랑한다는 것은

누군가를 사랑하고
누군가를 미워함도
삶의 한 부분이지만
사랑하고 있을 때가 가장 행복하다

누군가를 사랑할 때는
모든 것들이 내게 가까이 다가와
친밀감을 느끼게 하지만

누군가를 미워할 때는
모든 것들이 내게서 멀리 떠나가
서러움을 남겨놓는다

세월은 흐르고 모두 다 떠나고 있는데
사랑으로 행복할 수 있다면
살아온 세월이
결코 후회스럽지 않을 것이다

우리가 서로 사랑할 수 있다는 것은
삶을 즐겁게 만들고
삶에 기대감을 갖게 하는 것이다

외로울 때면 너를 찾는다

내 마음에 와닿은 외로움에
미친 듯이 그리움을 더듬어
너를 찾는다

너를 사랑하므로
연이어 다가오는 그리움에
녹슬어버릴 만큼
너를 잊은 적이 없다

지쳐 쓰러질 듯한
외로움 속에 살아가도
너만은 내 마음에서 놓아본 적이 없다

지울 수 없는 그리움의 두께만큼
나는 늘 너를 꿈꾼다

세상이 아무리 나를 흔들어도
외로운 만큼 그리움에 목마를 때
너를 만날 것이다

내가 너를 얼마나 사랑하는지
내가 너를 얼마나 소중히 생각하고 있는지
너에게 말해 줄 것이다

너를 생각하면서
오랫동안 고독했던 내 마음을
전부 풀어놓을 것이다

추억을 더듬어가면

내 마음에 그리움이
구름처럼 떠올라
보고픔에 한없이 눈물이 쏟아질 때
추억을 더듬어가면
그대를 만날 수 있어
가벼운 설레임에 마음이 들떠옵니다

그곳엔
서로의 마음이 하나 되던
아름다운 시절이 그대로 남아 있습니다

나 그대를 사랑하기에
외로울 수 있습니다

그리움이라는 숲에서
사랑이 울고
내 마음의 숲에서도
사랑이 웁니다

26

밀려오는 그리움을 홀로 달랠 수 없어
그대에게 달려가
오늘도 그날처럼
가슴 벅찬 사랑을 하렵니다

늘 그리운 사람

늘 그리움의 고개를
넘어오는 사람이 있습니다

기다리는 내 마음을 알고 있다면
고독에 갇혀
홀로 절망하지는 않을 것입니다

마지막이어야 할 순간까지
우리의 사랑은
끝날 수 없고 끝나지 않을 것입니다

막연한 기다림이
어리석은 슬픔뿐이라는 걸 알고 있지만
그리움이 심장에 꽂혀
온 가슴을 적셔와도 잘 견딜 수 있습니다

그대를 사랑하는 내 마음
그대로 그대에게 전해질 것을 알기에
끈질기게 기다리며
그리움의 그늘을 벗겨내지 못합니다

내 마음은 그대 외에는
그 누구에게도 정착할 수 없습니다
밀려오는 그리움을 감당할 수 없어
수많은 시간을 아파하면서도
미친 듯이 그대를 찾아다녔습니다

내 사랑은 외길이라
나는 언제나 그대에게로 가는
길밖에 모릅니다
내 마음은 늘 그대로 인해 따뜻합니다

우리 만나면 그리움의 가지가지마다
우리의 사랑이 만발하는
아름다운 풍경을 만들겠습니다

너를 기다리고 있다

너를 기다릴 수 있는 것은
기쁨이며 슬픔이다

기다리면 온다는 설레임과
오지 않는다는 절박함의 차이는 너무 크다

나를 잠식하여 들어오는
너를 찾아 방황하지 않는다
내가 가는 곳마다 따라오는
너를 놓치고 싶지 않다
내 마음을 비워놓고 싶지 않다

내 몸 속으로 흘러 들어오는
그리움을 막을 수가 없다

내 마음을 다 비우려 해도
너를 사랑하는 마음은 지울 수 없다
내 마음의 빈틈으로
그리움을 채우고 금세 달아나는
너를 붙잡을 수 없다

내 마음에서 조금도 지워지지 않는
네가 나에게 돌아오리라는 것은
예감하고 있다
네가 보고 싶을 때는
마음을 닫아걸고 슬픈 울음을 운다

너를 기다리는 날들이 즐겁다
나는 네가 너무 좋아서
네가 주는 사랑을 넘치게 받아도 좋을 것 같다

너를 만나 멀어진 거리를
좁히고 끊어질 것 같은
인연의 줄을
다시 이어야겠다

날마다 보고 싶은 그대 1

그대를 생각하면 할수록
더 사랑하고 싶어집니다

이젠 소낙비처럼 쏟아지는
열정적인 사랑보다
이슬비처럼 젖어드는
잔잔한 사랑을 하고 싶습니다

우리의 삶은 동행하는 이가 있어야 행복하기에
날마다 그대가 더 보고 싶습니다

환하게 웃는 그대 모습을 보면
내 마음은 금세 어둠 속에
떠오르는 태양처럼 밝아집니다

그대와 함께 있으면
내 마음엔 꿈이 가득해지고
내일을 힘차게 살아가고 싶은
용기와 힘이 넘쳐납니다

이제는 순간순간 변하는 사랑보다
언제나 변함없이 서로를 지켜줄 수 있는
사랑을 하고 싶습니다

모두 떠나가고 잊혀지는 삶 속에서
한순간 달콤하고 감미로운 사랑을 하기보다는
그대만은 운명처럼 영원히 잊혀지지 않는
내 가슴에 새겨두고 싶은 사랑이기에
날마다 바라보아도 더 보고 싶어집니다

날마다 보고 싶은 그대 2

사랑하기에
목이 아프도록 부르고 싶고
가슴 설레임으로
날마다 보고 싶은 이가 있다면
바로 그대입니다

마음이 곱고 착해서
언제나 변치 않고
내 곁에서 나를 지켜줄
정이 참 많은 순수한 그대입니다

늘 내 마음을 사로잡고 있어
늘 보고 싶어집니다

그대를 만남이 축복이요 은총이라
그대를 위해 기도 드리면
내 마음까지 평온해집니다

날마다 보고 싶은 그대는
시도 때도 없이
구름처럼 그리움을 몰고 와
내 마음에 사랑을 쏟아놓고
시도 때도 없이
그리움이 파도처럼 밀려와
내 마음을 사랑으로 파도치게 합니다

사랑하기에
그대가 날마다 보고 싶어집니다
그대가 있음으로 내 삶은 기쁨입니다

그대라면 잊겠습니까

그대를 기다리다
내 마음이 지치고
울고 또 울어 눈물이 마른다 해도
그대를 잊을 수가 있겠습니까

그리움이 온 세상을 덮어
어디를 가도 그대 생각으로 가득한데
어디 있습니까

그대라면 잊겠습니까
그대라면 잊혀지겠습니까

마지막 남은 몇 가닥
그리움의 연줄을 이어
그대를 사랑하렵니다

너무 보고 싶어
그리움을 토해 놓는데
그대라면 잊겠습니까

왠지 고독해지는 날이면
보고픔이 더하는데
그대라면 잊겠습니까

그대 마음을 투명하게 볼 수 있다면

그대 마음을 투명하게 볼 수 있다면

내 그리운 마음을 다 펼쳐서
사랑을 표현할 수 있다면
그대가 내 사랑을 알 때까지
내 마음을 다 보여줄 것입니다

흐르는 그리움의 강물을
첨벙첨벙 걸어 들어가
그대에게로 가고 싶습니다

늘 떨어져 있는 아픔이 있어도
마음이 하나라면
덜 괴롭고 덜 쓸쓸할 것입니다

그대가 내 마음에 있는 한
나는 살아갈 이유가 있고
사랑해야 할 이유가 있습니다

그대 사랑이 시들지 않는 한
내 마음을 전부 털어서라도
그대를 사랑하겠습니다

변치 않는 사랑

사랑이 내 마음을 관통해 들어오던 날
나를 찡하게 만들던 너와
눈 마주치고 싶다

늘 내 마음 더듬어와
그립게 만들던 너와
사랑하고 싶다

너는 내 가슴에 감겨와
그 향기에 취해도 좋은데
너를 사랑하는 내 마음을
다 그려놓을 수가 없다

너를 생각하며
꼬박 지새운 밤이
참으로 많았다

너의 따뜻한 손을
꼭 잡고 놓치고 싶지 않다
내 마음을 다해
변치 않을 사랑을 하고 싶다

너의 얼굴이 떠오르면

보고 싶은 탓일까
마음이 자꾸만 두근거린다
너의 얼굴이 떠오르면
온몸을 동그랗게 말아 꼭 안고
너만 생각하고 싶어진다

너를 만나기도 전에
내 마음을 설레게 하는
마음씨 고운 너를 생각하며
웃고 또 웃으면
내 웃음이 사방으로 퍼져나간다

마음이 자꾸만 분홍빛으로 물든다
너의 얼굴이 떠오르면
목젖까지 차오르는
너의 이름을 자꾸만 부르고 싶어진다

우리 사랑

내 마음에 곱게곱게
피어나는 그대의
얼굴을 보면
행복한 웃음만 나온다

언제나 고운 그대의 마음이 그리워
그대를 바라보며 손을 흔들었다

숨김없는 사랑
내 마음에 촉촉이 적셔오는데
활짝 웃는 그대 모습이 보고 싶다

마음에 자꾸 감겨오는
우리 사랑 곧게곧게 뻗어나가
하나의 열매로 열린다

그대 곁으로 가고 싶다

나도 모르는 사이에
내 마음에 은밀한 사랑을
심어놓은 그대가
그리움의 그림자만
길게 남기고 떠났다

내 영혼까지 찾아오는 그대를
마음대로 사랑할 수 없다면
그 무엇으로 살아갈 수 있을까

생각 속에선
너를 만나 미치도록 좋아하는데
흐르는 세월 속에
깊이 파고드는
그리움의 갈증을 어찌할 수가 없다

그대를 사랑할 수 없다면
그 허무함을
무엇으로 다 감당할 수 있을까

나는 언제나
그대 곁으로 가고 싶다

오직 사랑으로만

그대는
내 마음을 파도치게 만들고
마구 흔들어놓아
잔잔한 웃음과 감동을 주고
세상을 살맛 나게 합니다

그대를 만난 날부터
이 세상의 모든 것들 중에
그대의 모습이
가장 선명하게 보였습니다

그대와 함께 있으면
시간이 숨 가쁘게 지나가지만
나는 모든 것을 다 멈추고 사랑할 수 있습니다

세월이 흐르는 동안
우리의 삶을
기쁨으로 만들 수 있다면
감동으로 만날 수 있다면
얼마나 멋지고 즐거운 일입니까

우리가 만나는 날 동안은
서로를 마주볼 수 있는 기쁨 속에
오직 사랑으로만 행복할 수 있습니다

내가 사랑할 수 있는 사람은 그대뿐이기에 우리 사랑은 아무런 간격이 없습니다

사랑, 둘

가만히 그대 이름을 불러봅니다

추억

그대,
내 마음에
한 장의 그림으로
남아 있다

그대를 만나던 날
그날의 풍경 그대로
보일 듯 말 듯
지울 수 없게 남아 있다

이 가을

이 가을
푸른 하늘만 바라보아도 고독한데
애타게 기다려지고
그리워지는 사람은
누구일까

한 번만이라도 볼 수 있다면
반가움에 숨이 멎을 것만 같다

이 가을
오색 단풍잎처럼
곱게곱게 물들고 싶어지는 사람은
누구일까

가을이 왔다는 소식에
그대가 그리운 내 가슴은
붉게붉게 단풍이 든다

봄바람

생기 가득한 봄바람은
초록 빛깔 가슴 가득 안고 와
온 땅에 뿌려놓는다

포근함이 가득한 봄바람은
꽃망울 가슴 가득 안고 와
꽃들이 활짝 웃게 만든다

그리움이 가득한 봄바람은
사랑을 한아름 안고 와
사람들의 마음에 쏟아놓는다

봄바람을 만나면 사람들은
사랑을 찾는다
봄바람은 그리움을 쏟아놓고
너의 눈동자를 보고 싶게 만든다

그대 나를 사랑해 주지 않으시렵니까

그대 나를
사랑해 주지 않으시렵니까
정겨운 숨결을 들으며
그리운 그대 안에 살기를 원합니다

우리의 소망을
하나하나 엮어갈 수 있다면
그대를 위해 어떤 일을 해도
피곤해서 지치기보다는
기쁨이 더할 것입니다

우리에게 나누고 싶은 사랑이 있다면
내게 그대의 마음을
읽어낼 수 있는 기술이 있다면
얼마나 좋겠습니까

외로움을 훌훌 벗어 던지고
그대의 이름을
가만히 부르고 싶고
그대를 위해
내 삶을 다 주고 싶습니다

그대 나를
사랑해 주지 않으시렵니까

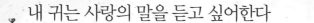

내 귀는 사랑의 말을 듣고 싶어한다

내 귀는 사랑의 말을 듣고 싶어한다

한동안 쓸쓸해 보였다
마음의 빈자리를 함께 해줄 사람이
아무도 없었다

우리는 마침내
가장 즐거운 마음으로
사랑하게 되었다

만날 때는
만날 때의 즐거움이 있고
헤어져 있을 때는
헤어져 있을 때의 그리움이 있다

뼛속까지 흐르는
정감을 느끼며
서로의 마음에 스며들어서
한없이 깊어지는 사랑을 하게 되었다

내 사랑은 그리움의 빛을 내고 있는데
무엇을 가리려고
치장하고 있는

내 귀는 사랑의 말을 듣고 싶어한다

내가 강을 건널 수 없는 것은

건널 수 없는 강인 줄 알면서도
늘 강변에서
서성거렸습니다

갈대숲이 좋아
노을 지는 모습이 너무나 아름다워
철새들이 찾아들 때면
떠날 수가 없었습니다

강가에는
배 한 척 없는데도
나는 늘 꿈을 꾸듯
강을 건너고 있습니다

내가 강을 건널 수 없는 것은
내 마음에 늘 흐르고 있는
그리움이 끝나지 않았기 때문입니다
내가 언제나 바라볼 수 있는 강을
너무나 사랑합니다

그대 향기

그날
나에게 다가온
그대 향기를 잊을 수가 없다

나는 가만히
그대의 가슴에 기대어
내 귓가에 들려오는

사랑의 속삭임을 듣고 싶다

오늘
나에게 다가온
그대 향기 속에 파묻히고 싶다

나는 가만히
그대의 어깨에 기대어
나에게 들려주는
사랑 이야기를 듣고 싶다

고독을 아는 사람이

고독을 아는 사람이
사랑을 안다

고독하다는 것은
사랑하지 않는다는 것이다

홀로 힘겹게 살아가는 것은
밑 빠진 독에
물을 쏟아붓는 것과 같다

내 삶도
향기 나게 하고 싶다
살아갈 이유를 만들고 싶다

벅찬 사랑을 해야
힘찬 감동을 만들어야
행복한 이야기들이 쌓여간다

사랑을 하면
모든 움직임이 아름다워진다

고독하지 않기 위해
내 사랑이 걸어갈 수 있는 길을
만들어야 한다

비가 내린다

비가 내린다
온 세상의 모든 것들이
다 비를 맞고 서 있다

나무는 비를 맞으면
더 생기가 도는데
우리는 왜 비를 맞으면
더 초라해 보일까

그만큼 순수하지 못한 탓일까
그만큼 욕심이 많은 탓일까

비가 내린다
왜 우리는 우산을 쓰고 있을까
온몸으로 이 비를 맞아도
아무런 부끄럼 없이 살아야겠다

64

보고픈 사람아

보고픈 사람아
아름다운 겨울
눈 덮인 설경을 바라보며
그대와 함께 있고 싶다

홀로 있으면
모든 것이 외롭고
홀로 있으면
모든 것이 쓸쓸하고
홀로 있으면
모든 것이 초라하다

보고픈 사람아
그대가 내 곁에만 있어준다면
이곳은 더 아름다울 것이다

멀리 떠나 있는 그대를

사랑의 흔적만 남기고
떠나면서도
그대는 아무런 미련도 없었습니까

가파른 담을 기어오르면서
잎을 돋아내는 담쟁이처럼
숨 가쁘게 흐르는 삶의 굴레 속에서
그리움이 돋아나지 않습니까

그대 소식은
언제나 귓가에 울려오는데
내 마음이 아플까 염려해서
모른 척 외면하시는 겁니까

내 마음은 언제나
그대를 향하지만
현실은 너무나 냉정해
긴 한숨과 기다림 속에 살아갑니다

그대가 떠날 때는 손 흔들어
이별을 아름답게 만들어주었는데
그대를 사랑한 탓에
내 눈길은 벌써
그대 곁으로 가 있습니다

멀리 떠나 있는 그대를
어떻게 불러내야 합니까

내 마음을 다 줄 수밖에 없다

나는 웃었다

너의 선하고 부드러운 눈빛이
너무 고와서
너를 보고 있으면
내 마음도 맑아진다

나는 너를 만나면 정직해진다
네 마음이 너무 투명하게 비쳐서
거짓을 꾸며낼 수가 없다

나는 행복하다

내 마음을 파고드는 포근한 미소가
너무 예뻐서
너를 보고 있으면
내 마음이 선해진다

나는 너를 만나면 기분이 좋다
네 아픈 마음을 알아주기에
솔직해진다

너는 내 마음을 잘 알고 있기에
내 마음을 다 줄 수밖에 없다

외로움에서 벗어날 수 있을 때

내 마음이 허전하면
모든 것이 다 외로워보였습니다

이별의 아픔을 아는 사람의
그 쓸쓸함을
비오는 바닷가를
거닐어본 사람은 알 것입니다

쓸쓸할 때
사랑의 소중함을 깨닫습니다
만남을 제대로 이루지 못하면
모든 것은 슬픔이 되어버립니다

늘 흐르는 물처럼
사랑도 멈추지 말고 흘러가야 합니다
모든 것들이 제자리를 찾을 때
외로움에서 벗어날 수 있습니다

짝사랑

내 마음의 문을
수시로 두드리는 그대는
진정 나를 사랑하는 것일까

잠들지 못하는 밤
그대를 불러들인 것은
나였다

내 마음 속에서 빠져나온 그리움이
그대를 불러들였다

그대를 그리워하는
내 마음이 자꾸만 설렌다

나만 그대를 그리워했다면
나는 울고 말 것이다

순수한 사랑

나에게 죄 된 욕망이
그대로 남아 있으면
그대를 순수하게
사랑할 수 없습니다

모든 것들이 흐트러짐 없이
제자리를 찾을 때
그대를 사랑하고 싶습니다

생각이 깊어 절망을 만들거나
가슴속 응어리가 영영 풀리지 않는
고통을 만들어놓고 싶지는 않습니다

아무런 상처를 내지 않고
아무런 상처도 주지 않고
서로의 꿈을 깨지 않고
곱게 사랑하고 싶습니다

나 그대에게
눈물을 흘리게 하고 싶지는 않습니다

투명하게 열리는 푸른 하늘 아래
정직하게 살며
모든 욕망을 다 던져버리면
내 마음은
맑고 순수해집니다

내가 사랑할 수 있는 사람은
그대뿐이기에
우리 사랑은 아무런 간격이 없습니다

하루 종일 비가 내리는 날은

하루 종일 비가 내리는 날은
사랑에 더 목마르다

왠지 초라해진 내 모습을 바라보며
우울함에 빠진다

온몸에 그리움이 흘러내려
그대에게 떠내려가고 싶다
내 마음에 그대의 모습이 젖어 들어온다
빗물에 그대의 얼굴이 떠오른다

빗물과 함께
그대와 함께 나눈 즐거웠던 시간들이
그대를 보고픈 그리움이
내 가슴 한복판에 흘러내린다

여기저기 흩어져 있던 그리움이
구름처럼 몰려와
내 마음에 보고픔을 쏟아놓는다

하루 종일 비가 내리는 날은
온몸에 쏟아지는 비를 다 맞고서라도
마음이 착하고 고운
그대를 만나러 달려가고 싶다

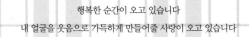

행복한 순간이 오고 있습니다

내 얼굴을 웃음으로 가득하게 만들어줄 사랑이 오고 있습니다

사랑, 셋

내 발길은 늘 그대를 찾고

종이배 여행

시냇가에 띄운
내 어린 날의 종이배
어디로 갔을까
궁금했는데

내 그리운 추억 속에
고스란히 남아 있다

이 순간이 있음으로

새는 둥지를 떠나야
자유롭게 날 수 있는데
나는 너를 벗어나고 싶지 않다
너의 마음에 스며들고 싶다

너를 떠나면
절망의 늪에 빠져버리고
넓은 세상마저
나에게는 감옥이 된다

나는 너로 인해 자유로울 수 있다
나는 네 안에서 휴식을 얻을 수 있다

너를 사랑할 수 있는
이 순간이 있음으로
나는 존재할 수 있다

한몸이 되어

한몸이 되어
마음으로 하나 되고 싶다

내 마음에 새순처럼
돋아나는 사랑을
마음껏 꽃 피우고 싶다

네 품에 파고들어
네 숨결을 느끼고 싶다

내 마음속에
소중히 간직한 사랑을
다 주고 싶다

한몸이 되어
가슴을 맞대고
너를 꼭 안고 싶다

봄날 들판에서

봄 햇살과
봄비가 데리고 온
연초록빛이 산과 들에
가득한 4월

춤을 추며 나온 듯한
초록 잎사귀들이 피어나서
마치 동화나라에서
꿈꾸고 있는 듯하다

봄날 들판에 서 있으면
온몸에 보드라운 촉감이 느껴져
사랑하고 싶어진다

봄

겨우내 눈보라 몰아쳐도
바람이 불어와도
잠잠하기만 하던 빈 들판에
새 생명의 움직임이 시작되고 있다

초록이 물들고 있다

겨우내 기다려온 봄이
일순간에 온 들판에 퍼지고 있다

봄이 오는 것을
아무도 막지 못한다
아무도 막을 수 없다

포근한 햇살이 퍼지는
봄 하늘 아래 훈훈한 봄바람이
불어오기 시작하면
벌써부터 꽃향기가 내 가슴에 가득해진다

고독이라는 열병

외로움이 마음을
산산조각 나게 만드는 이 가을엔
피가 뜨거워져
고독이라는 열병을 앓는다

다 잊혀졌나 했는데
가을바람이 내 마음에 불어와
숨이 다 막혀버린 듯 답답해
외롭다는 말이 온몸을 감싼다

삶이 너무나 평범한 것 같아
벗어나고 싶다
타오르듯 붉어지는 단풍잎처럼
마지막까지 물들어 사랑하고 싶다

이 가을엔 흐르는 세월이 안타까워
눈물만 질벅거리는데
벌레 우는 소리조차 구슬프게 들린다

날마다 반복되는 일상에서 벗어나
누구와 사랑을 할까
한순간만이라도
내가 원하는 사랑을 하고 싶다

지금껏 살아온 날들을 돌아보면
후회만 가득한데
바람 불어오는 곳으로 떠나고 싶다

꼭꼭 채워두었던
마음의 단추를 하나하나 다 풀고
먼길을 떠나 사랑하고 싶다

가을 산행

가을 소식이 가득한 날
산에 오른다

찬바람에 낙엽이 떨어지는 가을은
온통 쓸쓸함뿐인 줄 알았다

가을 산에는
발 끝마다 눈길 닿는 곳마다
가을꽃들이 밝게 웃으며 피어나
떠나가는 모든 것들을 향해
행복한 웃음을 선사하고 있다

진하게 물들어오는
고독 속에도 행복은 있었다
내 마음을 파고드는
고독 속에도 기쁨은 있었다

고독한 사람

사람들 속에 있어도
외롭고

누군가 그리운데
만날 수 없는 사람이
고독한 사람이다

누군가를 사랑하다가
떠나가버려
괴롭고

누구에게도 이해받을 수 없는 사람이
가장 고독한 사람이다

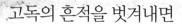

고독의 흔적을 벗겨내면

사랑의 상처로 온몸을 덮었던
고독의 흔적을 벗겨내면
내 마음엔 그리움이 가득해집니다

절망으로 가득한 서러움에
터덜거리며 걷고
홀로 쓸쓸한 표정 지으며
쓰디쓴 미소로 사라질 것입니다

우리가 서로 기뻐하고
즐거워할 수만 있다면
우리의 삶은 빛을 발할 것입니다

뒤죽박죽 엉키고 설켰던
모든 것들도 다 풀어질 것입니다
사랑은 멋진 하모니를 만들어줄 것입니다

그대가 돌아온다면

모든 것을 다 얻은 듯한 기쁨에

아주 근사한 사랑이 다시 시작될 것입니다

충만한 사랑

세상에는 얼마나 많은
사람들이 살고 있습니까
세상에는 얼마나 많은
사람들이 방황하고 있습니까

거리를 걷다 보면
수많은 사람들을 만납니다

쉽게 섞일 수 없는
그들에게서 빠져나와
우리가 사랑하고 있다니
얼마나 놀라운 일입니까

수많은 사람들 속에서
우리가 만나 행복할 수 있다니
얼마나 신기한 일입니까

내 마음은 마냥 그대에게로 향하는데
사랑하고 싶지 않습니까
완전한 사랑보다 충만한 사랑을 원합니다

행복한 순간을 기다리며

내 사랑은
상처가 많았습니다
눈물도 많았습니다
아픔도 많았습니다

행복한 순간을 기다리며
내 가슴은 천 갈래 만 갈래로
찢어지기도 했습니다

사랑을 기다리다 지쳐
외롭고 서글픈 모습으로
슬퍼하던 날들도 많았습니다

만나는 순간의 기쁨을 기다리며
틀에 박힌 듯한
일상에서 벗어납니다

지난 설움은 잊어버렸습니다
내 삶을 따뜻하게 만들어줄
행복한 순간이 오고 있습니다
내 얼굴을 웃음으로
가득하게 만들어줄
사랑이 오고 있습니다

초록 향기 가득한 봄날

초록 향기가 가득한 봄날
찬란한 햇살 산너머 달아나고
어두워져가는 밤

사랑의 언어로 시를 쓰다가
고독이 자꾸만 마음을 두드려
외로워지는 마음을 쓸어내리고 싶어
한잔의 뜨거운 커피를 마신다

봄밤에 홀로 있으면
마음이 허전해
훌쩍 떠나고 싶어진다

이런 밤이면
한잔의 커피를 마시며
고독을 즐긴다

꽃들이 서로의 가슴을 부비며
피어나는 봄밤
달콤한 꿈이나 꾸면서
깊은 잠에 빠져들어야겠다

이 가을이 다 가기 전에

가을바람이 불어올 때면
내 마음은
자꾸만 자꾸만 흔들린다

잎새들이 짙게 물들어가면
그리움의 파도가
출렁거린다

고독도 그 무게는 점점 더하는데
그대를 만나고 싶어
온통 들뜬 내 마음은
밤하늘에 두둥실 떠올라
보름달이 되었다

이 가을이 다 가기 전에
순박한 그대의 마음을 담아
내 사랑을 꽃피우고 싶다

내 마음을 아는지 모르는지
코스모스는 가을바람에
온몸을 흔들며 활짝 웃고 있다

이 가을이 다 가기 전에
내 사랑도 환하게 피우고 싶다

고독한 날의 풍경

쓸쓸하다
그리움이 날 감싸고 있다
늘 엇갈리던 그대가
내 마음의 틈새를 비집고 들어온다

그대가 올 것 같지도 않은데
바람마저 그리움으로 불어와
고독이 내 마음을 죄어 감는다

장마철 먹구름 사이로
해가 살짝 고개를 내밀고 사라지듯이
그대의 얼굴이 떠올랐다가 금세 사라진다

내 발길은 늘 그대를 찾고
눈으로 만나려 하지만
숨은 듯 보이지 않는 그대
내 마음이 그대 곁으로 향하고 있다

세상의 모든 온도계가 올라갈 줄 모른다
사람들 속에서 두리번거리며 살펴보지만
마주치는 시선들은 차갑기만 하다
세상이 온통 쓸쓸함으로 가득하다

너를 만나 사랑할 수 있음이

푸른 하늘을 바라보고 있으면
그리움이 가슴까지 파고들고
내 귓가에 속삭임이 들려온다
늘 내 마음을 흔들어놓는
너를 만나 행복하려고
사랑의 시간을 만든다

험하디험한 세상살이
맨살이 할퀴어나가도록
모진 바람이 시시때때로 불어온다

맨몸 하나만으로
늘 부딪치며 살아가기에
다독일 수 없는 슬픔을 기댈 수 있는
너의 어깨가 편하다

남아 있는 삶의 모든 시간을
내 사랑의 들판 같은
너의 마음속에서 한없이 머물고 싶다

늘 텅 비어 있는
내 사랑을 채우고 싶다
길게 머물 수 없는 삶의 길목에서
너를 만나 사랑할 수 있음이
얼마나 행복한 일인가

들국화 한 다발

들국화 한 다발
사랑하는 이 가슴 가득
안겨주면
하얗게 쏟아지는 미소와 함께
얼마나 행복해할까

사랑을 표현할 수 있음이
감사하다
사랑을 받아주는 이 있어
행복하다

그대 가슴에
꼭 안기고 싶다

가을밤에

가을엔 내 가슴에 스미는 고독도
단풍 색깔로 물들고
어둠에 홀로 기대어 있으면
더욱 외로워진다

이 가을밤에 조용히
고독이 찾아오는 것은
내 감정이 살아 있다는 것이다

이 가을밤에 잎 다 떨어진
나뭇가지 사이로
달빛이 쓸쓸히 비치면
내 외로운 마음
더 서글프게 느껴져
어디론가 훌쩍 떠나고 싶어진다

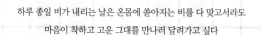

하루 종일 비가 내리는 날은 온몸에 쏟아지는 비를 다 맞고서라도

마음이 착하고 고운 그대를 만나러 달려가고 싶다

사랑, 넷

그리움의 고개를 넘어

연꽃

타오르는 욕정을
안으로만 안으로만 모으며
욕망의 늪을 벗어나
침묵하듯 고요한 혼불이 되어
물 위로 떠오른다

사랑에 빠진 사람은

서글픈 일도 많고 많은
세상을 살아가면서도
모든 것을 아끼고 사랑하고픈 걸 보면
무언가 잘못된 것은 아닐까
욕심을 부리고 있는 것은 아닐까

사랑을 한 번도 제대로 해보지 못한 사람이
사랑에 빠지고 싶어
외치고 있는 것은 아닐까

살아가는 일이 허무하기에
무엇 하나 제대로 이룬 것이 없기에
더 목마른 것은 아닐까

사랑에 빠진 사람은
넋두리만 하고 있지는 않을 것이다
사랑할 시간도 부족하니까

봄비

봄비가 내리면
온통 그 비를 맞으며
하루 종일 걷고 싶다

겨우내 움츠렸던 세상을
활짝 기지개 펴게 하는
봄비

봄비가 내리면
세상 풍경이 달라지고
생기가 돌기 시작한다
내 마음에도
흠뻑 봄비를 맞고 싶다

내 마음속 간절한 소망을
꽃으로 피워내고 싶다

눈이 만든 풍경

눈이 내립니다
하얀 눈이 솜털 날리듯이 춤추며
온 세상을 하얗게 덮습니다

하늘의 축복을 다 받은 듯이
기분이 상쾌해지고
내 마음이 행복해집니다
하늘의 사랑을 다 받은 듯이
내 마음이 따뜻해집니다

하얀 눈길을 걸어봅니다
발아래 눈 밟히는 소리가 들립니다
오늘은 기분 좋은 일이 일어날 것만 같습니다
눈이 내린 풍경은
동화 속 그림을 만들어놓습니다

하얀 눈이 쌓여갑니다
눈이 내리는 날이면
누군가에게 사랑한다는 말을
고백하고 싶어집니다

내 마음에는 사랑이 내리고 있습니다

소낙비가 쏟아진다

세상을 바라보다
하늘도 울음을 참지 못했는지
소낙비가 쏟아진다

고여 있지 않고
흐르기에 더 시원하다
강퍅하고 목마르던 세상이
빗줄기에 폭 젖는다

단절되어 가는 세상이
세찬 빗줄기로 연결되어
바라만 보고 있어도
시원한 기분이 든다

소낙비가 쏟아진다
철철 소리 내어
흐르는 것을 바라보면
나도 힘차게 흐르고 싶다

비가 그치면
모든 사물이 더 또렷하게 보인다

내 마음의 진열장 속에

그대를 먼발치에서 바라볼 때
가벼운 흔들림 속에
잔잔한 설레임이 가득했습니다

먼 곳에 있는 그대의
눈빛, 손짓, 몸짓만 보아도
순간순간 사랑하고픈 마음이 밀려와
사랑의 꽃망울을
활짝 터뜨려놓았습니다

그대에게 다가가면 갈수록
모든 것이 가식 같고 포장된 것 같아
기대하던 모든 것들이 한순간에
안개처럼 사라져버렸습니다

혀끝에서 만들어진
껍데기뿐인 사랑은 가슴앓이가 되어
내 마음이 조각나고 깨져버리고 말았습니다

차라리
모른 척했더라면
서운한 마음에
상처를 입지는 않았을 것입니다

차라리
사랑하지 않았더라면
순수한 그리움이 되어
내 마음의 진열장 속에
더 좋은 추억으로 남았을 것입니다

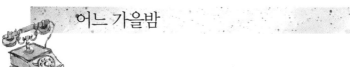

어느 가을밤

어느 가을밤
내 가슴을 애타게 했던
그날을 잊을 수가 없습니다

내 곁을 떠나서
돌아오지 않는 사랑을 찾아
자정이 훨씬 넘은 거리를
미친 듯이 찾아 헤맸지만
찾을 수가 없었습니다

텅 빈 방안을 보고
서러움에 울고 또 울었습니다

돈이라는 것
가난이라는 것이
무섭기보다는
나를 서럽게 만들었습니다

세상에서 가장 무서운 배신은
사랑하는 사람의 배신입니다

그가 돌아온 후
아무 말도 하지 못했습니다
지금도 그 이유를 묻지 않습니다

때늦은 겨울비

봄이 다가오고
겨울이 떠나려는 날

일상에서 잠시 벗어나고 싶어
기차를 타고 빠른 걸음으로
재촉하듯 길을 떠나고 있다

차창 밖으로 내리는 비는
어디로 흘러가는 것일까

아하, 그렇구나
봄을 데리러 가는 모양이구나

기차 안에서 웃고 있는
아이의 웃음소리는
벌써 봄이다

소라 껍데기

소라 껍데기 속에는
파도 소리가
숨어 있다가
가만히 귀를 대고 들으면
파도 소리가 밀려온다

큰 소라 작은 소라
모든 소라 껍데기 속에는
큰 바다 작은 바다가 숨어 있다
가만히 귀를 대고 들으면
파도 소리가 밀려온다

어느새
푸른 바다 앞에
서 있는 것만 같다

겨울 여행

새벽 공기가
코끝을 싸늘하게 만든다

달리는 열차의 창밖으로 바라보이는
들판은 밤새 내린 서리에
감기가 들었는지
내 몸까지 들썩거린다

스쳐 지나가는 어느 마을
어느 집 감나무 가지 끝에는
감 하나 남아 오돌오돌 떨고 있다

갑자기 함박눈이
펑펑 쏟아져내린다

삶 속에 떠나는 여행
한잔의 커피를 마시며
홀로 느껴보는 즐거움이
온몸을 적셔온다

당신을 만날 수 없습니다

착하게 착하게만 살고 싶은데
죄 짓더라도 당신을 보면
가슴이 뜨겁도록
사랑하고 싶습니다

순하게 순하게만 살고 싶은데
미워지더라도 당신을 보면
운명처럼 사랑하고 싶습니다

나는 못된 사람일까요
당신을 보면 그냥
사랑하고만 싶습니다

내가 어디에 있든지
당신이 내 마음속 깊이 찾아들기에
너무 보고 싶지만
사랑한 죄로
당신을 만날 수 없습니다

노을빛 짙어가는 시간

해 지고 노을빛
짙어만 가는 시간
어둠이 찾아오기 시작하면
네온 불빛이 눈을 뜬다

어둠이 시작되면
떠날 곳도 마땅치 않으면서
늘 떠나고 싶어지는 마음
날개를 달고 싶은 까닭일까

모든 것이
어둠에 묻히는 시간
나는 고독에 갇혀 있기가 싫어져
거리를 서성거린다

내 삶에
다시 만날 수 있을지도
모르는 사람을 만나기 위함일까

어둠이 짙어오면 올수록
나는 거리의 인파 속으로
빠져들어만 간다

세월

먼 곳에서 머뭇거리면
잡아당기고
곁에 있으려 하면
달아나 버린다

모든 것을 가만히 두지 않는 너는
기쁨도 만들고
슬픔도 만들고
사랑도 만들고
이별도 만들지만
결국엔 모든 것들과 작별한다

너는 안타까움 속에
끝끝내 영원한 이별을 가져온다

새벽달

이른 새벽
밖으로 나가니
밤새 어둠을 밝히고 있는
새벽달이
졸린 눈으로 나를 바라본다

드넓은 하늘에
홀로 떠있는 달이
너무나 애잔하다

혼자서

누덕누덕 기워진 마음으로
살아가는 것도
참 모진 목숨이다

늘 긴장하며 살아도
살기가 힘들기만 한데
내 온몸을 긴장시키는
시선들이 무섭게 느껴질 때가 있다

고독하다는 생각을 떨치려 해도
남아 있는 미련이
날 괴롭히고 만다

늘 잡혀 사는 것만 같아
혼신의 힘으로 벗어나려 하면 할수록
더 꽁꽁 묶이는 것만 같아
미칠 것 같다

숨이 다 막혀버린 것 같은 고통과
답답함에 소리 쳐도
아무도 다가와 주지 않는다

아무도 없이
혼자서
허공을 향해 몸부림칠 뿐이다

여행을 떠나는 사람들

여행의 기대감에
밤잠을 제대로 못 잔 탓일까
피곤이 몰려온다

새로운 것들과의 만남은
마음을 들뜨게도 하지만
긴장을 가져온다

세월이 지나면
모두 다 추억이라는 그림으로 남는
순간들이 된다

살아 있는 것들은
잠시도 그대로 있지를 않고
변화한다

여행은 휴식을 얻기 위해
떠난다지만
변화를 원하는 사람들이 떠난다

여행을 떠나면
커피 향이
더 짙게 다가온다

모두 다 처음 만나는 사람들
그대가 곁에 있어 참 편하다

봄은 꽃들의 축제

복사꽃이 분홍빛 웃음을
입가에 띄우고 있다

산과 들 가는 곳곳마다
웬 처녀들이 다 나와
누구를 기다리기에
저마다 꽃단장하고 있는가

봄은 꽃들의 축제
목련은 님 만나 떠나고
벚꽃은 무엇이 그리도 좋아
자꾸만 자꾸만
함박웃음을 터뜨리는가

자운영

봄날 들판 가득히
피어난 자운영
비온 후
맑은 바람에 흔들리고 있다

사랑이 그리운
나를 바라보며
자꾸만 웃는다

봄 들판에서 만난
정겨운 자운영은
내 마음에 기쁨 가득한 행복을
활짝 피워놓았다